週末は彼女たちのもの

島本理生

幻冬舎文庫

週末は彼女たちのもの

目次

誰よりも美しい彼女

ミナが深紅の花束を抱き寄せたとき、一粒の涙が落ちた。

店内の照明は暗く、オープニングパーティの参加者たちは気付かなかった。

彼女はすぐに笑顔に戻ると、艶《つや》めく唇を開いて、挨拶を交わした。

となりには婚約者の吉原さんがいる。細身の体にシンプルなスーツを纏《まと》い、一見控えめそうに見える彼が、父親からレストランの経営を引き継ぎ、ここまで支店を増やしたのだ。

華やかな容姿と、能力のあるパートナー。ミナの幸福は揺るぎないものに感じられた。

夜が明ける頃、解散になると、吉原さんは先に帰ると告げた。ミナは軽く笑って手を振ると、雪のように白いラビットファーのコートを羽織った。

そのコートは、年明けに二人で遊んだときに購入した物だ。毛皮のコートなんて、実際に似合う女性にはそうそうお目にかからない。でも彼女には驚くほどしっくりときた。

昔クラシックバレエを習っていたという彼女の背筋は同性でも見惚《みと》れるほど真っすぐで、モデルという職業柄、自分に似合うものを知っている気持ち良さもあった。甘すぎず、セクシーすぎず、女性らしさとかっこよさのバランスが絶妙だった。

白いファーが原色のドレスに重なると、華やかさと柔らかさがふわっと溶け合い、眩《まぶ》しいほど魅力的だった。

ミナが振り返って言った。

「奈緒、酔い覚ましに行こうか」

私はなにも訊《き》かずに、ただ頷《うなず》いた。

夜明けの埠《ふ》頭《とう》でタクシーを止めた。

ミナは花束を抱いたまま、寒い、と叫んだわりには、どんどん水際へと向かっていった。

風は強く、水面の輝きに思わず目をつむると、いきなり彼女が切り出した。

「吉原がね、結婚は延期しようって言い出したの。理由ははっきり言わなかったけど、もしかしたら、ほかに気になる子ができたのかもしれない。だから一緒に住んでる部屋を出ることにした」

私は弾かれたように目を開けた。

ミナは、なんだか照れ臭そうに微笑んだ。

「一番の女友達がいてくれて良かった。あの場では、そんな話できないから」

私は短く頷いてから、慎重に口を開いた。

「でも婚約までしてるんだから。きっと一時的な気の迷い」

彼女はあっさりと首を横に振った。

「気に入らない鞄を持つくらいなら、アラスカにだって手ぶらで行く。あの人は、そういう男だよ」

「……それなら、どうするの？」

私はてっきり、彼女がまた涙をこぼすと思った。

だけど目の前には、強い意志をたたえた瞳だけがあった。

深紅の風花の中で、戦う決意をした美しい親友を、私は祈るような気持ちで見つめていた。

スポットライト

足取りは重たくて、交差点で立ち止まると、乱れた髪が頰《ほお》にかかった。駅前の明かりがひどく遠かった。

間違っていないほうが大事なものを失うことは、世界にままある。

一年半前に上京して、ようやく半年前に雇ってもらったクラブのピアニストの仕事をクビになった。

内弁慶な副店長の八つ当たりとセクハラにも耐えてきたというのに。

せめて昨晩の電話がなければ、と思う。ここまでみじめな気持ちにはならなかっただろう。

「ちえりが結婚するのよ」

と母は嬉しそうに告げた。

ちえりは二歳違いの妹だ。

結婚相手は、地元のテレビ局のディレクターだという。

「留加にも良い話だと思って。もし東京で失敗して帰ってきても、きっとちょっとは仕事を紹介してくれるわよ。局の人とお見合いしたっていいし」

つかの間、苛立《いらだ》ちで胃が痛んだ。

けれど込み上げた反論は、体にだけは気をつけてね、と気遣う一言に封じられた。

親に好かれていることと、理解されることは、きっと全くべつの話なのだ。

悔し涙が溢《あふ》れる最中も信号は赤のままだった。

不思議に思っていたら、夜間信号の押しボタンがあったことにようやく気付いた。

指を伸ばしたとき、いきなり手首を掴《つか》まれた。

びっくりして振り返ると、見知らぬ男性が立っていた。

シンプルなコートに黒いマフラーを巻いて、柔らかい雰囲気の顔立ちに、どことなく放っておけない目をしていた。

とっさに払いのけようとした私に、彼が言った。

「今度、新しくオープンする僕の店で弾いてもらえませんか」

私はびっくりして眉《まゆ》をひそめた。

その顔を見ているうちに、思い出してきた。

ステージが終わった直後、最低な客に絡まれて突き飛ばされたので、とっさに殴ろうとした私を副店長が押さえ付けた。

ライトの下、組み伏せられて怒りにふるえる私を、遠くから誰かが強く見つめていた。

この人だったのか、と気付いた。

「光栄です。でも、今夜初めていらした方ですよね。私の演奏をまだ」

彼が手を離しながら、今日の三曲で十分です、と言い切ったので、はっとした。

「粗さは目立つし、感情に任せすぎで、理性に欠ける。それでも聴き終えたとき、僕は少し生まれ変わったような気がした」

この人はただのお客さんじゃない。

ようやくチャンスに気付いた。

彼は名刺を差し出した。そこには、吉原智幸、とあった。

「一つだけ忠告があります。店側の趣味だと思うけど、あなたにピンク色のドレスは似合わない」

私は副店長の好みで押し付けられていたドレスの数々を思い出した。とくに今夜の清楚で可愛らしいお嬢様のイメージを適当に詰め込んだようなピンクのドレスには辟易《へきえき》していたので、腹が立つどころか、自分の正しさを認めてもらったように感じて嬉しくなった。

彼を乗せて去っていくタクシーを見つめながら、なんてめまぐるしい一日だろう、と思った。セクハラされて、喧嘩して、解雇されて、誰だか分からない男性に見出されて。今はまだ明日の自分がどこにいるのかさえ、まるで分からない。

彼がタクシーで去っていくと、今度こそ信号が青になった。

じょじょに近付く駅の明かりを見つめながら、今夜のうちに新しいワンピースを買おう、と私は思った。

どうなるか、なにが起きるか分からない。

そんな新しい明日のために。

急降下

出会ったときから気付いてた。
この先、彼女が僕を好きになることはないだろう。
夢の中で会い続けるように、ずっと見ていることしかできないだろう、と。

下降するエレベーターの中で、僕はミナを抱きしめて座り込んだまま、進むことも戻ることもできずにいた。

腕の中で、彼女はじっと沈黙を守っていた。

ミナに出会ったのは、大学の頃だった。

大講義室の真ん中で、女友達と笑い合っていた彼女を見た瞬間から、もう一方的な恋は始まっていた。

何度目かの講義の後、勇気を出して声をかけると、僕よりも一つ年上だということが分かった。こちらが犬のように付きまとっても、彼女はけっして嫌な顔一つせずに、面倒見良く飲みに連れていってくれたり、ちょっとしたプレゼントをくれたりした。僕が相談事を持ちかけると真剣に耳を傾けてくれた。

大学を卒業した後も、僕たちはたまに会って、朝までお酒を飲んでは他愛ない冗談を言い合った。

二人でいるとき、まわりからはたびたび、姉弟みたいだ、と言われた。ミナ自身、タケルは弟みたいで放っておけない、と口にしたことがある。

その歯がゆい表現は、かえって僕の決意を硬くした。

ガラスケース越しに高級時計を眺めては、いつか買えるようになろうと決意する高揚感に似ていた。

彼女が婚約したことを知るまでは。

「好きな人が、ほかの相手を好きになったら、どうする？」

ほんの十秒前の出来事だった。

ミナがふいに漏《も》らした。それが僕の胸をも透かす一言だと分かっていて。

半ば衝動的に、僕は彼女へと近付いていた。

軽く誘いに乗るような気持ちじゃなかった。

今まできちんと距離を取っていた彼女の心がぶれたことに、内心、ひどく動揺していた。

抱き寄せた瞬間、自分のふるえに飲み込まれて、床に崩れた。

ガラス越しに映る夜景は赤々と輝き、街全体が炎上しているようだった。

「あなたは、もう忘れたかもしれないけど」

一粒ダイヤのピアスが光る耳元に、僕は言った。

「一度、終電を乗り過ごして、朝までやってるバーを探していたときに、出会ってから何年経《た》っても未だにあなたといると緊張するって僕が言ったのを」

あのとき決定的な一言を口にしかけた僕の手を、ミナが強く摑んだ。

細い指に脈を止められたように、僕はそれ以上、なにも言えなかった。

「あなたがもし今、幸せじゃないなら、僕はあの言葉の続きを」

と言いかけた瞬間、彼女がいきなり顔を上げた。

薔薇《ばら》をふちどる茨《いばら》のような視線に刺され、チャンスだと分かっていたのに身動きが取れなかった。

ミナはふいに僕の左胸を叩くと、はっきりと告げた。

「ちょっと遅れたけどチョコの代わりに」

見下ろすと、胸ポケットに銀色のネクタイピンが刺さっていた。

彼女は立ち上がると、ガラスの向こうに視線を投げた。

夜景に、その横顔が重なると、いっそう燃え上がるように揺らめいて見えた。

僕は、もしかしたら今この瞬間が夢かもしれない、と思って、ネクタイピンに触れた。

尖端が柔らかく指の腹に食い込み、ゆるやかに甘い痛みが広がった。

手に入らないからこそ求めるのかもしれない。

彼女がいつか同じような痛みを感じてくれたなら、そのときは潔くあきらめられるのだろうか。でもミナがそれを望んでいるようには思えなかった。距離を詰めないかわりに離れることもなく、僕にずっとそばにいてほしいと思っているような気がした。

彼女に出会った瞬間に惹かれたのは、たぶん、どこか自分と似ていたからだ。

気遣いながら大事に思いながら、けっして踏み込めない。それは今の婚約者にも、きっと。彼らが上手くいくとは、今の僕には思えなかった。

そんな彼女もいつかは心の底から笑えるような、無防備な恋をするのだろうか。

僕は姿勢を正して、階数ボタンを見上げながら、来月には二人の距離を無視したお返しをして彼女を困らせてみようか、とふと思った。

小さな紳士

奈緒はオムライスを取り分けると、柔らかな笑みを浮かべて、太一君の口へと運んだ。

シングルマザーの彼女とは、休日によくランチに出かける。

奈緒いわく、子連れでも気兼ねしないお店というのはなかなか難しいらしい。なので家族連れの多い洋食屋やバイキング形式のレストランを見つけたら、彼女を誘ってみることにしている。

平日は仕事に追われ、週末は太一君と二人きりで過ごす彼女にとって、

ちょっとしたランチでも気分転換になるらしく
「ミナみたいな女友達がいて、私はすごく恵まれていると思う」

なんて台詞《せりふ》をすっと口にして、私をとても嬉しい気持ちにさせてくれる。奈緒ほどさっぱりとしていて、気持ちの良い女友達は珍しい。

そんな彼女が学生結婚だったと聞いたとき、私はちょっと意外に感じた。

もっとも夫が全然就職しないでふらふらしていたので、すぐに離婚したという。今は都内の税理士事務所で、若いけれど優秀な税理士として働いている。

「ありがと。優秀なんて言ってくれるのは、ミナと吉原さんだけだから」

と彼女は謙遜するけれど、最初に吉原と一緒に彼女に会ったときのことはよく覚えている。

長い髪をすっきり束ねて、知的な額を見せた彼女は
「利益重視で、ちょっとぎりぎりの橋を渡るのと、絶対安心な橋。どちらがお好みですか?」

さらっと聞いた。

頼りがいと柔軟さの同居する彼女を、私たちは一目で気に入った。

太一君が手足をばたつかせながら、うさぎだってば、と声をあげた。

彼女は片手で絵本をめくりながら、こちらを見た。

「吉原さんは、元気?」

私は短く頷く。

吉原が新規オープンさせた店に、新しい女性のピアニストが来る。

私がスタッフから聞いたのは、それだけだった。

それでもすべて分かってしまった。吉原の心を奪い取ったのはその子だと。

彼は、私との結婚を延期した後も、変わらず恋人として接してくる。私もなにも聞かない。騒いだって仕方ないからだ。

結婚は一生そばにいることなのだから、その入口でほかの女に取られるなら、むしろきっぱりあきらめられていい。

一軒の家の中で、長い時間をかけて憎み合うくらいなら、ピンヒールに支えられた両足がぐらついても、はっきりした答えが欲しかった。

私がそう話すと、奈緒は太一君を抱き上げながら

「ミナは、あいかわらずかっこいいね」

と言ったので、私はびっくりした。

「奈緒のほうが全然かっこいいと思うけど。だめだって思ったら潔く離婚して、女手一つで太一君を育てて。自立って、奈緒みたいなことを言うんだと思う」

そう告げると、彼女は片手を振って笑いながら否定した。

「全然。私なんて正直ずっと勉強だけで手いっぱいで。恋愛方面はちっとも学んでこなかったから、珍しく強引にアプローチしてくれた元旦那につかまっちゃったの。見る目がないだけ」

「そうかな」

「そうそう。まあ、太一が生まれたから、失敗とも思ってないけどね」

さらっとそんな台詞が出てくる奈緒からは母性が滲《にじ》んでいて、私は短く息をついた。

「私にとってのかっこよさは、奈緒みたいになんでも包み込む優しさを持っていることだから」

彼女は軽く目を見開いてから、ふと考え込むように
「こういうの、なんて言うんだっけ……そう、となりの芝は青い、だね」

と言った。

「たしかに。青すぎて目が開けられなくなりそう」

私が呟《つぶや》くと、彼女は吹き出した。

「ねえ、まだ時間あるよね。ケーキ食べて行かない？」

「それもいいけど、奈緒、春物が欲しいって言ってなかった？」

彼女がちらっと太一君を見たので、私はすぐに、試着の間くらい私が遊んであげるよ、と付け加えた。

洋食店を出て、エレベーターが来るのを待っている間、満腹のわりに妙に体が軽いことに気付いた。

「男がいない休日って気楽」

思わず呟くと、奈緒が冗談めかして返した。

「男ならここにいるけど」

見下ろすと、オレンジ色のマフラーを巻いた太一君が、小さな指で「開」のボタンを押していた。

「どうぞ」

その一言に、枯れかけの鉢植えに新しいつぼみを発見したような嬉しさがふわっと込み上げた。

私は微笑んで、ありがとう、と小さな紳士にお礼を言ってから、エレベーターに乗り込んだ。

同窓会

自分らしくない気まぐれは、たいてい予想外の幸運よりも、予定内の不快をもたらす。

地元の駅から徒歩三分の居酒屋は、時代遅れの煙草の臭いで充満していた。となりのお座敷にはサラリーマンがぎっしり肩を並べていて、競い合うような大声が聞こえてくる。

いくら新年会の時期とはいえ、もう少し落ち着いた店は予約できなかったのだろうか、と考えていたら

「えー、でも奈緒がシングルマザーなんて意外。そういうところ、すごい堅実だと思ってたから」

内田さんがテーブルから身を乗り出してきて、言った。

「そう、かもね。そう見えてたと思うけど」

と私は濁しながら、苦笑してみせた。

十年前、同じ教室にいたときには、内田さんとはほとんど話さなかった。当時の彼女は流行りの細い眉にルーズソックスにぎりぎりまで短くしたプリーツスカートという、派手ではあるけれど男子が敬遠しない程度のギャルだった。

今はやたらと細い手首にブレスレットをじゃらじゃらと揺らして、赤いニットから肩を覗かせている。地元のショッピングビルの洋服屋で店員をしているらしい。

「あんた、偉そうなこと言ってるけど、子供どころか結婚もまだじゃん。

奈緒のほうが人生の先輩なんだから、色々教わっておきなよ」

内田さんと仲が良かった夕実ちゃんがそう言って、小突いた。一瞬だけど、内田さんはすごくむっとしたような表情を浮かべた。

だけどすぐに笑みを作り直すと、調子良く高い声をあげて
「夕実はいいよねー。旦那さんかっこいいし、親の会社継いで若社長なんて」

と話題を変えた。

「えー。けど若いって言っても、うちらからすればおっさんだよ。結婚してから太ってきたし。まあ、けどシングルマザーも、今時珍しくないもんね」

夕実ちゃんはそう言って、こちらを見た。フォローのつもりだろうけど、そもそも珍しかろうと私は一向に気にしないのに、どうして彼女に庇《かば》われなくちゃいけないのだろう。

居心地の悪さを感じながらも、夕実ちゃんをあらためて観察した。茶色く染めたロングヘアは、たしかに専業主婦らしくないほど手入れが行き届いているけど、きらきらした時計やブランド物のバッグの趣味はちっとも洗練されていない。

「旦那さん、自営なの？」

と私は訊き返した。

「そうなの。自分の会社だからって、ほとんどスーツ着ないで私服で行くから、かえって洗濯物が多くて。奈緒なんて子供いるから家事も大変でしょう」

「たしかに洗濯物は多いかも。あと、毎日の食事とか。ほかの家事はあきらめて週末にまとめてやっちゃうけど」

「すごいねー。自立してるよね。なんて言っても税理士！　だもんね。具体的にどんな仕事かは……あんまり分かんないけど」

最後の一言に、まわりは声をあげて笑った。私は込み上げた苛立ちを無理やり飲み込んだ。

二次会を断って、実家までの暗い道を一人で歩きながら、白い息を吐いた。

駅前こそ開発が進んでデパートも乱立して便利だけど、十五分も歩けば、線路沿いには畑が広がって、民家もまばらになる。

東京までは四十五分。完璧な都会にはなりきれず、だからといって本当の田舎ほどのどかなわけでもない地元の町が、私はずっと苦手だった。親たちも同級生たちも、古臭い価値観はダサい、というポーズを取りながらも、無関心に放っておいてくれるほどには開けていなかった。

地元から出なかった彼らは、未だに十年前の教室内の関係性を引きずっている。そしてなにより腹が立つのは、自分までそこに引き戻されてしまうことだった。

たとえば勉強だけが取り柄の地味な優等生が、東京の大学でダメな男に引っかかって離婚して、一人で息子を育てながら働いているなんて、かっこうの話のネタなのだ。

自販機で無糖の缶コーヒーを買って、おじさんのように手に腰を当てて飲み干した。

息を吐いたら、さっきよりもずっと白くなっていた。

実家のドアを開けると、太一が飛行機のおもちゃ片手に出てきた。

「お母さん！　おかえりー。今ね、おばあちゃんとめーんしてたんだよ」

「ただいま。めーん、て、なにそれ。カップ麺？」

居間に入っていくと、筒状に細長く丸めた新聞紙が二つ転がっていて、チャンバラごっこだと気付いた。

「おかえりなさい。太一ちゃんがね、時代劇見て同じことしたいって言うから。でも、男の子は体力あるわよね。今、お茶淹《い》れるわよ」

私はコートを脱ぎながら、ありがとう、と返した。

すぐにお湯が沸いて、緑茶と芋ようかんが出てきた。

私がお茶を飲んでいる間に、今度は母は太一に童話を読み始めた。その慣れた感じに、ほっとする。たまにしか帰らないけれど実家はありがたい。子供が生まれてから、素直にそう思えるようになった。

「今日は樹は家にいないの？」

「あんたと同じで、昔の同級生と飲み会だって。それでどうだった、同窓会は」

「うん、あんまり。なんか、みんな思ったよりも成長してないように感じた」

思わず本音がこぼれた。

「そう。久しぶりに昔の友達にあって、当時に戻った気分だったんじゃないの？」

「それとは、ちょっと違うかな。意外と若い人でも考え方が古いんだね」

「そりゃあそうよ。考え方っていうのは受け継がれていくんだから。そうやって残ったものには、それなりの理があるのよ。なに、なにか言われたの？」

私は首を振った。

母にはもちろん、このわだかまりを言葉で説明することはできない。なぜなら母はむしろあちら側の人で、それでも私を気遣って干渉しないでくれているのが手に取るように分かるからだ。そのことに対しても、感謝の気持ちを抱く半面、なぜ可哀想な娘のように扱われなきゃいけないのかという反発が、心の底でくすぶっていた。

たとえばミナだったら、と想像する。たとえどんな状況でも、ああいう集まりに参加したら、きっと一目置かれるのだろう。

そう考えたら、一見地味なグレーのアンサンブルを着ていってしまったことを後悔した。

「三万もしたカシミアなのにね」

小声で呟いて、袖を撫《な》でた。私もまた世間的な考え方に縛られているのだと気付きながら。

尊敬されたい。誇示したい。不幸じゃないと認められたい。

なんて人間が小さいのだろう、と思わず苦笑した。こんなことだから、まわりに変な気を遣われるのだ。本当は、自分でもぜんぶ分かっている。

そのとき、携帯電話がふるえた。

『奈緒、今日は同窓会だっけ？　こちらはようやく気に入った物件が見つかったよ。』

私はなんだか急にほっとして、メールを返した。

『おつかれさま。どんな部屋？　こちらはまわりと話が合わなくて、ぐったり。』

『お互い、体力使う週末だね。明日の夜、よかったら一緒に鍋でもしない？』

私はすぐに返信をしてから、携帯電話をテーブルの上に戻した。

両手をうんと伸ばすと、ようやく張りつめた背中の緊張がほぐれていくのを感じた。

「今日、泊まっていくんでしょう？」

という母の問いに、私は、うん、と頷いた。

「良かった。柚子湯《ゆずゆ》の支度してあるから。太一ちゃん、おばあちゃんと入る？」

「うん。出たら、アイス食べていい⁉」

「もちろん、そのために買っておいたんだから。奈緒、ちょっとお湯の温度、見て来てくれる?」

私は頷いて、椅子から立ち上がった。

ガラス扉を開けると、浴室内に爽やかな柚子の香りが広がっていた。

暖かな湯気の中で、明日は弱音をいっぱい吐こう、と思った。

昔話はできなくても、今この瞬間、目の前にある好き嫌いを分かち合える友達と。

Your Days

靴を脱いで、玄関を上がった。

まだなにもない部屋を見渡しながら、想像をめぐらせる。

引っ越したら、窓に白いブラインドを取り付けて、オレンジ色のソファーを置いて。今使っているラグは気に入ってるから、そのままで。

今までは恋人と二人暮らしだったから、家具もカーテンも、相手の好みが優先だった。

無駄のないモノトーンのインテリアはお洒落《しゃれ》だったけど、本当はもっと可愛い部屋に憧れていた。

一人きりの引っ越しという形で実現する日が来るとは、思っていなかったけど。


バッグから間取り図を取り出して、広げてみる。

切なくなるはずだったのに、真っ白な間取り図は幼い頃に遊んだ塗り絵のようで、ちょっとわくわくした。

ダイニングテーブルに向かい、宙に浮いた足をぶらつかせながら色とりどりのクレヨンを握りしめた、遠い午後を思い出す。

夢中になって色を塗っていると、いつの間にか三時になっていて、母がおやつを作ってくれたことも。

たっぷり蜂蜜をかけた、ふわふわのパンケーキ。ちょっと背伸びの紅茶。

暖かな湯気の中で、他愛ないことをずっと喋《しゃべ》った。母はにこにこ笑って、終わらない私の話を聞いてくれた。

私は短いまばたきをした。色鮮やかなガラス越しに、日が降り注ぐ。

大人になるにつれて、母から冗談混じりに
「早く自立してくれないと、家が狭いのよ」

と言われるようになった。

数年前、本当に実家を出ることを決めたとき、私はちょっとだけ意地悪な気持ちで
「これで家が広くなるね」

と言った。

母は苦笑しただけで、なにも答えなかった。

それでも、今回の引っ越しを電話で母に告げたら、開口一番に
「帰って来ないの？」

と言われた。なんのためらいもなく、心配だけを滲ませた口調で。なにも分かっていなかった自分に、ようやく気付いた。

過去は懐かしくて暖かくて、いつまでも手元に置いておきたくなる。でもそこに寄りかかることに慣れたら、なにもできなくなってしまうし、これからの新生活で楽しいことがずっと一つも起きないなんて、ありっこないのだ。

私は奥のキッチンへと向かった。

食器棚の位置の寸法を測りながら、ティーカップも買おう、と思った。最初のうちは淋しくて途方に暮れたり、泣きたくなる夜もあるだろう。そんなときには熱々のミルクティーを用意して、大好きな本を開いて、自分自身を慈しもう。母がそうしてくれたように。

ダブルベッドや大きな冷蔵庫は持てなくても、大事にされた記憶なら宇宙にだって持っていける。

なにかが終わることは、悲しいだけじゃなくて、きっと新しく生まれる瞬間でもあるから。

染められるんじゃなく、これから始めるすべて。

私の色に染まれ。

Color

事務所の扉を開けると、霧のような雨が降っていた。

吉原さんが濡れた傘をたたみながら入ってきた。ジャケットの肩に少しだけ水滴がついている。

「お待たせしてすみません、前の打ち合わせが長引いて」

私は、いえ、と首を横に振った。

良かった、と笑った彼からは品の良い香水が匂った。

個室に通し、今回の申告書の内容を報告してから、来年度の経費等について軽く打ち合わせた。

話を終えると、短い沈黙が訪れた。

「お昼ですね」

と切り出したのは、彼のほうだった。

「奈緒さん、外に出ますか?」

一瞬、返事をためらっていると
「僕はちょっとこの後も入ってるので。もし良かったら今度あらためてお昼でもご一緒しましょう」

私は内心ほっとして、ええ、と微笑んだ。親友の恋人と二人きりで食事なんて、なにを話せばいいか分からない。

「じゃあ、私も途中まで行きます」

そう告げて、椅子から立ち上がった。来客のはずの彼にすっとドアを開けてもらい、手抜きしない人だなあ、と私は感心してしまった。

たしかに一つ一つの振る舞いは洗練されているし、どことなく甘い雰囲気はあるけれど、美形なだけの男性だったらいくらでも世の中には溢れている。ミナの話を聞いていると、そんなに善人だとも思えない。

それでも吉原さんには、女性の心をどこかしら特別に惹きつけるものがあった。それは恋愛以外では、かならずしもプラスとはいえない要素ではないかと思う。

人当たりがいいわりには本心をさらさない。礼儀正しいけれど、すごく自信家。それなのに嫌いになりきれないのは、時折、無防備に見せる笑顔だと思った。

この人はたぶん、他人に好かれるということがどういうことなのかを熟知している。私みたいに堅物な女ほど、友達にもならないようにしっかり防衛線を張らないと、簡単に手玉に取られる気がする。

雨はやんでいて、ひんやりした通りを並んで歩いた。

街は静かで、わずかな車の往来だけがあった。

「そこ、水溜まりだから気をつけて」

「雨でも平気な靴ですから」

そう言って、頼りのレインブーツを履いた足を軽く持ち上げてみせると、彼は笑った。

「私、つくづくミナとは対照的ですね」

と、ふと呟いていた。卑下でも主張でもなく、ごく単純な感想として。

「似てますよ」

彼がこともなげに言った。

「自分を分かっていて、似合うものをきちんと選び取ってるところなんかが」

長い指が、私の肩掛け鞄を差したので、思わず苦笑した。

「大きくて、色も地味で、機能重視。素っ気ないでしょう」

「働く姿によく映えてます。鞄がかっこよく見える」
私が面食らっていると、彼は笑った。
目が細くなると、落ち着いた雰囲気の中に愛嬌《あいきょう》が滲む。不思議な人だ、と思った。
口にする誉《ほ》め言葉はちっとも厭味《いやみ》じゃなくて、つい打ち解けてしまいたくなる。
ふいに、つむじで雨粒が撥《は》ねた。
また雨が降り出したので、私たちは急いで軒下へと飛び込んだ。

困って濡れた前髪をかきあげたとき
「ちょっと、ここで待ってて」
吉原さんが傘を差しながら、突然、言った。
数分後、彼は折りたたみ傘を片手に戻ってきた。シンプルなクリーム色だった。

「良かったら、帰りに使ってください。いつもお世話になってるから」

びっくりしたけど、ここで断るのも失礼なので、ありがたく受け取った。

ふわっと傘が開いた瞬間、私たちは同時に、あ、と声をあげた。

ヒダの奥に色とりどりの花がプリントされていたのだ。まるで少女の頃に戻ったような、懐かしくて愛らしい花柄だった。

吉原さんが申し訳なさそうに呟いた。

「……すみません、急いでて、確認し忘れてた」

普段、隙《すき》のない彼がちょっと気恥ずかしそうに言ったのが、なんだかおかしくて、私は、大丈夫です、と笑った。

「いつも似合うものだけじゃあ退屈ですから」

意外そうにまばたきする彼に会釈して、私は雨の中を歩き出した。

傘がとても軽かったので、高く持ち上げ、くるくると回してみる。花は万華鏡のように形を変えて舞う。自分まで軽やかに浮かび上がる気がした。

もしかしたら形の出来上がった大人の女には、似合わないものこそ必要かもしれない。

私はそんなことを考えながら、水溜まりをすっと飛び越えた。

なんだか新しい恋がしたくなっていた。

ショート・トリップ

旅に出るつもりなんてなかったのだ。
撮影もないし、週末はゆっくり自宅で過ごそうと思っていた。
仕事から帰ってきてテレビを点《つ》けたら、休みの間の天気はずっと晴れ予報だった。
ジャケットを脱ぎながら、もったいないな、とふいに思った。
数分後には、指が勝手に動いてメールを打っていた。
恋人の吉原からの返信は、すぐに来た。

とにかく多忙な人だ。それに彼から、私と結婚したいのか分からないと告げられた日から、二人きりでは遠出していない。はなから期待はしていなかった。

でも、そこには一切の質問はなく、ただ、こう書かれていた。

「分かった。楽しみにしています」

予約したペンションは、山の中の駅から少し離れたところにあった。森林の小道をボストンバッグ片手に歩いた。ごく自然に、二人並んで。日差しが、静かな波のように、まぶたの上で揺れる。

気が付くと、彼が物珍しげにこちらを見ていた。

「なに?」

「ひさしぶりにそういう服装を見たな、と思って」

私は苦笑した。いつもはピンヒールにモード系の完全防備でも、さすがにその恰好で山道を歩くわけにはいかない。

「じつは、このパンツと靴、駅であなたを待つ間にいそいで買ったんだ」

「じゃあ、それまではいてたものは?」

ポケットからコインロッカーの鍵を出して見せると、子供のいたずらでも目にしたように、彼は小さく笑った。

チェックインしてから、ペンション近くの美術館へと向かった。なにもない平原に、ぽつんと白い建物が建っていた。こぢんまりとしたカフェが併設されていて、『木苺《きいちご》のタルトあります』の文字に心が躍った。

「あそこへ寄ろう」

とほぼ二人同時に口に出していた。

お茶を飲んでいる間、吉原は一眼レフカメラを出して、田園や店内の風景を撮っていた。

レンズがこちらに向けられたので、じっと見返すと
「さすがに、いきなりカメラを向けられてもひるまないな」

と彼が呟いた。

私はカップの縁を撫でながら、答えた。

「自分が撮ることはしないけどね。もう忘れちゃったと思うけど、理由があって」

「いや、覚えてる」

はっきりとそう言われ、私は言葉を切った。

「写真を撮ることに集中すると、それ以外の記憶がぼやけるから。記録しなくていいから、好きなように記憶したい。男の僕にはその発想はなかった。それを聞いて、だから女性は、君は強いんだと思った」

木苺のタルトは甘酸っぱくて、かすかに口の奥がぎゅっとなった。

外へ出ると、私は平原を足早に歩き、なにもない青空の中に立った。

深く息を吸い込みながら、全身の自由を味わう。ラフなパンツに、履き心地のいいキャメル色のショートブーツ。羽根が生えたように軽かった。

「ちょっと汗かいてきたかも」

とはしゃいで振り返った私を、吉原はなんだか眩しそうに見つめた。

そんな視線を送られたのは、付き合い始めた頃以来だと気付いた。

本当は、ずっと言いたかった。

簡単に夢中になったりしないあなたが、カメラをかまえたときだけは、こちらだけを見ている。

それが嬉しくて、一秒でも逃すのが惜しくて、向き合ってきたのだと。

ちょっとだけ切なくなるのを堪《こら》えて、私は思いきり笑ってから、大きく手を振ってみせた。

甘くない男

ホテルのエレベーターに乗り込むと、階数が上がっていくたびに緊張が高まった。

扉が開くと、別世界が待っていた。

ガラス越しの夜景が広がるレストラン。正装して、不況とは無縁に食事を楽しむ人々。

席へ案内されると、吉原さんは先に待っていた。

ウェイターに促され、緊張を飲み込んで、慣れてるふりをしてスプリングコートを脱ぐ。

彼はさらっと、良く似合ってますね、と誉めた。

淡いブルーのワンピース。繊細な透かし模様の黒いタイツが、ふっくらした足の印象を、適度に引きしめてくれる。

私は椅子に腰掛けてから、真っ先に気になることを尋ねた。

「どうして今夜、私を誘ったんですか？」

吉原さんはワインリストを開きながら、あっさりと答えた。

「僕はまだ、あなたの素性をなにも知らないから。ワインは」

「好きです。でも、一杯目はシャンパンでいいですか？」

彼は楽しそうに、もちろん、とメニューを閉じた。

食事しながらの会話は、本当に仕事のことが中心だった。

「今日は雇い主の顔なんですね」

思わずこぼすと

「前回は違いましたか」

と返された。

「交差点で声をかけられたときには、個人的な感じがしました」

「必要な役割はこなしますよ。ただ、なにも二十四時間、雇い主でいるわけじゃない」

「それ、二十四時間夫でいるわけじゃないとかに通じる理屈ですね」

グラスに唇を付けながら指摘すると、彼は顔色ひとつ変えずに、その通りです、と言った。

「結婚してるんですか？」

いいえ、と彼が首を横に振ったので、なんとなくほっとした直後
「婚約はしています」

私は一瞬だけ、強くまばたきした。

どういう意味だろうか。だから興味を持つなということなのか、それ

を承知で近付いてくる分にはかまわないということか。

もっとも私は彼自身に対してさほど関心を抱いているわけじゃなかった。昔から革ジャンにバイクで走りだすような、分かりやすく雄々しいタイプに魅力を感じる。もっとも、そういう男が最終的に選ぶのは、もっと華奢で繊細な女の子だけど。

吉原さんがプライベートな話題を持ち出したのは、そのときだけだった。それからは丁寧に仕事の説明をしてくれた。

もともと父親は飲食店だけやっていればいいと言っていたのを、彼の趣味で生演奏を入れるようになっただけあって、クラシックやジャズの話はさすがに詳しくて面白かった。

食事が終わると、同じ階のバーに移動した。

私はジンの効いたマティーニを飲みながら、いつ部屋が取ってあることを切り出されるかな、と考えた。

なぜか昔から余裕のある大人の男や既婚者にばかり誘われた。

一度だけ同い年の恋人ができたけど、一生懸命尽くして三年付き合った末に

「留加は俺の手に負えない」

と宣言され、逃げられた。

ちらっと横目で見る。

吉原さんは視線に気付いて、目だけで笑った。なにを考えているのか、いまいち読めない。グラスに添えられた指先は長かった。

そろそろ行きましょうか、と言われて、私は頷いた。

バーを出た彼は、当たり前のようにエレベーターの下りボタンを押した。

あれ、と拍子抜けしたときには、一階に着いていた。

外へ出ると、高層ビル群の間に大きな月が浮かんでいた。

「良かったらタクシーで帰ってください。僕はまだ寄るところがあるので」

曖昧《あいまい》に頷くと、吉原さんが不思議そうに

「がっかりしました？」

と尋ねた。びっくりした直後、かっと羞恥心《しゅうちしん》で血が沸騰した。

「全然。正直、吉原さんはちっとも私のタイプじゃないし」

言っている途中で、彼がこちらに近付いてきた。

いきなり前髪を持ち上げられて、呼吸が止まった。小学生のように出たおでこが、夜風にさらされる。

吉原さんは意地悪く目を細めて、笑った。

そして、なにごともなかったように手を下ろした。

「前髪はないほうがいいいな。額だけは好みですよ」

あまりの一言に、悔しいやら呆然《ぼうぜん》とするやらで、言い返せなかった。

帰りのタクシーの中で、私は憮然《ぶぜん》とし続けていた。

絶対に髪型を変えるもんか、と思いながら額に手を当てると、夜風で冷えたはずなのに、自分でも戸惑うくらい熱かった。

私は込み上げる動揺を抑えながら、絶対に好きになるもんか、と心の中で言い直した。

再会　side A

月明かりの柔らかい夜だった。

仕事帰りのバーでビールを飲んでいたら、となりの女性が遠慮がちに話しかけてきた。

「このお店、よく来られるんですか？　私は初めてなんです」

決まり文句のような台詞ではあったけれど、遠慮がちに潜めた声には、丁寧に応対したくなる魅力が滲んでいた。きちんとした会社員風の服装とは裏腹に、どことなく少女のまま成長が止まったような顔立ちにもひきつけられた。

「はい。最初は同僚に連れられて。最近はそいつが結婚したので、もっぱら一人で」

「そうですか。私、じつは一人でバーに来たのも初めてなんです。すごくどきどきして、馬鹿みたいかもしれないけど、ひさしぶりに勇気を出してみたの」

「女の人はそうだと思います。ちっとも馬鹿みたいじゃないですよ」

僕が言うと、彼女はようやくほっとしたように笑顔を見せた。

話が合い、気付けば明け方近くなっていた。

「明日、水族館に行こうと思ってるんです」

彼女がふと言った。僕が、平日に一人でですか、と訝《いぶか》しむと、彼女は恥ずかしそうに頷いた。

涼しげな瞳に、妙な懐かしさを覚えて胸がざわつき、柄にもない台詞を口にしていた。

「歩くと駅からちょっとある。偶然だけど明日半休を取ってるから、良かったら車で送りましょうか」


会社のビルを出ると、夏が始まったばかりの空が広がっていた。

駅前で待っていた彼女は、車に乗り込みながら、片手の袋を見せた。

「待ってる間に駅の中をぶらついてて。もしお腹が空いたら、サンドウィッチとアイスコーヒー」

いいね、と僕は答えた。大人の遠足だ。

助手席に座っている彼女を意識して、いつもよりもゆっくりめに運転した。それが気詰まりな感じでなく、考えてみれば前日に酒の勢いで打ち解けただけなのに、あまりに馴染むのが早くて内心驚いていた。

街を抜け、海沿いの国道を走っていたとき、彼女が訊いた。

「半休、本当は何に使うはずだったの？」

「入院した母親の見舞いに」

　と僕は正直に答えた。

「子供の頃に、僕を置いて出て行って。昔はたまに会ってたけど、成人してからは全然」

「行かなくていいの？」

「僕も気が重かったし、正直、今さら来てほしいなんて言われても」

　と言いかけて視線を向けると、彼女はもう安らかな寝息をたてていた。無防備すぎるよ、と苦笑しつつも、妙に暖かい気持ちになった。

　国道はがらがらで、エリック・クラプトンの静かな歌声が水平線に溶けた。


　平日の水族館はゆったりとした時が流れていた。ほの暗い館内に青い光が揺れている。

巨大な水槽の前で足が止まった。

水の中で、二頭のイルカがくるくると踊るように泳いでいた。

彼女は長い睫《まつげ》を揺らして、イルカに見とれていた。

「私、あなたとここに来るのが夢だった」

突然、彼女が振り返って、強い眼差《まなざ》しを向けた。

その一言で、記憶が開いた。

中学二年の秋、クラスの女子から理科室に呼び出された。なにかと思ったら、翌週の遠足で水族館に行ったときに一緒にまわってほしいと頼まれた。

ああ、とだけ答えたけど、内心はわりと綺麗《きれい》な子だと思ってたから、かなり動揺していた。

「でも君が来られなかったんだ。そのまま休みがちになって、いつの間にか転校してて」

「もともと入院することになってたの。大きい手術の前に勇気を出したんだけど、結局、遠足前日に高熱を出して」

イルカが勢い良くおびれを翻す。細かな気泡が美しかった。

「入院中、ずっと水族館のことを思い出してた。病室の窓から見える空が水槽みたいに青くて」

「元気になって良かった」

と僕は心から告げた。

「お見舞い、行ってあげて。ああいう場所では、自分の心を見つめるしかないから。今ならお母さん、あなたに言いたいことがたくさんあると思う」

包み込むような言葉に、僕はようやく許された気がして頷いた。

水族館を出ると、急に視界が明るくなった。

海の見える公園で、僕らは塩気の効いたスモークハムのサンドウィッチと薄まったアイスコーヒーを食した。

長い長い空白を埋めるように、ゆっくりと時間をかけて。

再会　side B

今でも夢を見る。
真っ青な水槽の前で、あなたと再会する。
口に出したらきっと誰もが笑うでしょう。
だからこれは私だけの秘密。
手放すきっかけを水底に沈めたまま。

廊下を歩いていたら、自販機の前で同僚の二人が立ち話をしていた。

「やっぱり事務だったら長野さんだよなー。綺麗なわりに大人しいっていうか、あんまり浮いた感じもしないけど彼氏いるのかな」

「ああ。なんか歓送迎会のときに訊いたら、ずっと片想いとかって」

私は思わず眉根を寄せた。今の言葉を口にしたのは、仕事はできるけれど相手によって態度を変えるので内心苦手に思っていた同僚だった。たしか酔った勢いで強引に質問を繰り返されて、しぶしぶ口を割ってしまったのだ。

「えー……恋愛慣れしてそうなのに。あ、もしかして相手は妻子持ちとか」

「なるほど。ありえる」

彼らが立ち去ると、私はふうとため息をついた。噂《うわさ》好きな男性は昔から苦手だ。

会社帰りに立ち寄る駅ビルは、私が子供の頃からあった。

靴屋の前を通りかかったら、ひときわ目を引くビジュー付きの水色のサンダルが飾られていた。久しぶりに胸が高鳴る。中学二年の秋の日のことを思い出しながら。

あの日、私はお小遣いを手にして、一世一代の決意を胸に抱いて、駅前の雑貨屋に飛び込んでいった。

制服姿の女子高生たちがうろつく店内で、居心地の悪さを覚えながらも、ヘアアクセサリーの棚へと近付いていった。

ずらっと揃った髪留めの中でも、ひときわ光り輝いているものを、私はおそるおそる手に取った。透明なラインストーンがぎっしりと埋め込まれたヘアピンは、ティーン向けのファッション誌のモデルが付けているのを見たときから、ずっと憧れていた物だった。

鏡を覗き込むと、店内の照明を受けたヘアピンは小さな星の集まりのようだった。重たい黒髪が輝いて見えた。

それを付けて、好きだった橋本君と水族館を歩くはずだったのだ。

ところが体が弱くて入院したために願いは叶《かな》わず、その後は女子校に進学して異性とは無縁の生活。そして気付けばこの年齢だ。

分かってる。中学時代の彼も私も今はどこにもいないことなんて。

私の夢が、叶わないままとっくに終わっていることも。


人数合わせで呼ばれた合コンは、探り合いの会話が続いていた。

「じゃあ、今までで一番印象的なデートは？」

幹事の男性が順番に尋ねていく。

私の番が近づいたので、ちょっとお手洗い、とすかさず席を立った。

トイレから出ると、幹事の彼が立っていた。

「緊張してる？」

笑顔で訊かれ、つまらないだけです、という台詞が出かけて飲み込んだとき
「長野さんってさ、もしかして今まで一度も彼氏いたことないんじゃないの？」

通り魔にあったような衝撃に、私は必死に平静を保ちながら、まさか、と答えた。

「だよねー。ごめん、見た目のわりに意外と奥手そうだったからさ」

冗談めかした口調に、悔しさと恥ずかしさでいっぱいになった。

私は仕事を理由に二次会をパスして、逃げるように店から出た。

蒸し暑い夜の中、私だけが暗い顔をして歩いていたら、一軒のバーが見えた。前から気になってはいたお店だった。

でも初めてのバーで一人飲みなんて、と躊躇《ちゅうちょ》して視線を落とした。

暗がりの中、水色のサンダルが光り輝いた。それはまるで、あの日の

小さな星たちがはげましてくれているみたいだった。

店内は洞窟《どうくつ》みたいにひっそりして、気分もすぐに落ち着いた。

カルーアミルクを飲みながら、来て良かった、と満足していると、となりに座った男性が言った。

「すみません、ビールを」

その声を聞いた瞬間、全身の血が沸騰した。

信じられない。こんなのありえない。

ふるえる手でグラスを持ち、カルーアミルクをごくごく飲んだ。

酔いにまかせて、仕事帰りですか、と尋ねると、彼はちょっと驚いたように、そうです、と頷いた。

優しい目元、大きな手。夢中で喋りかけると、彼は気さくに笑った。

変わらない笑顔にくらくらする。もう明日の仕事なんてどうでもいい。

一日くらい会社なんて知らない。

彼に、明日も仕事ですよね、と訊かれた私は泣きそうに微笑みながら、言った。

「明日は、水族館に行こうと思ってるんです」

タイムリミット

　実家の食卓には、親族同士の顔合わせにふさわしく、お寿司やお酒が並んでいた。

　妹の夫がお酌してくれて、慌ててお礼を言う。

「こちらこそ、お注《つ》ぎしますよ」

とビール瓶を両手で傾けると、彼は愛嬌のある笑顔を浮かべて、どうもどうも、とグラスを差し出した。

　もともとの顔立ちはぼんやりしていて背もちょっと低いけれど、プラスチックフレームのお洒落メガネや凝った柄のシャツのせいか、ずいぶん世慣れて見えた。さすがにテレビ関係の人だな、と思っていると
「お姉ちゃん、お寿司美味しいよ。ウニが甘いの」
ちえりが持ち前の愛嬌を生かして、誰よりも先に口にしたウニ軍艦の感想を述べた。
遠慮して譲りなさいよ、という一言が喉元まで出かかったけど、先方のご両親が
「そうでしょう、ちえりさん。うちは昔から、寿司屋の出前はここしか頼まないんですよ」
と言ったので、あちらの指定のお寿司屋さんだったことが分かった。
ちえりは平然と、本当に美味しいからどんどん食べちゃいます、と答えた。そのやりとりが妙に可愛らしく映って、ふと彼女が見覚えのない服を着ていることに気付いて

「ちえり、そのシャツ可愛いね」

レース使いの白いシャツを誉めると、妹は嬉しそうにブランド名を口にした。

「そのお店、こっちにあったっけ？」

「ううん、ネット通販。ショップの店員さんが実際に着てる画像が見られるんだよ」

私は、なるほどね、と感心した。きっと今日の顔合わせのために吟味したのだろう。

先方のご両親が、素敵な姉妹で、と微笑み、恐縮しながらコップを口に付けたとき、携帯電話が鳴った。

私は廊下に出た。オーナーの吉原さんからだった。

「どうかしました？」

「予定してた奏者が病欠で、悪いけど今夜十二時から店に来て演奏してほしい」

私はびっくりして、すみませんけど、と即答した。

「群馬の実家に帰省中で、妹の旦那さん一家が来てるんです。今抜けるわけには」

「何時頃終わる？　それからすぐに特急で」

一方的な言い種《ぐさ》にかちんと来た。

駅まで、と私はゆっくり告げた。

「車で十五分。電車だけで二時間半近くかかるし、乗り換えが三、四回。間に合うかは」

もう分かった、と吉原さんは根負けしたように言った。

「僕が車で迎えに行く」

まさかと思ったら、吉原さんは本当にやって来た。

真っ暗な道に突っ立って、荷物片手に待っていたら、遠くのほうから田園を切り裂くように、一筋の光が突っ切ってきた。

助手席のドアが素早く開いて

「お待たせ」

と彼が真顔で言ったので、さすがに完敗だと思って

「こんなに遠くまで、ありがとうございます」

と頭を下げた。

彼は不遜な笑みを浮かべて、君にしては上出来な返事だな、と失礼なことを言った。

夜の高速道路を、車はぐんぐん進む。ライトに横顔が浮かんで、また闇に沈む。

「よく二時間以内に着きましたね」

「後先考えずにぶっ飛ばした」

なんて簡潔な答えだ。

「一晩くらい演奏がなくても」

「誕生日なんだ」

と彼が言った。

「誰の？」

「僕が昔、お世話になった恩師の奥さん。明日が誕生日で」

「日付が変わると同時に、バースデーソング」

「その通り。ほかにも数曲リクエストされてたから」

私はしばらく黙って夜空を見つめていた。

「そういう面もあるんですね」

思わず呟くと、彼は訝しげに見た。

「もっとドライかと思ってた」

「優しいですよ。相手を選んでるだけで」

「いつか痛い目に遭いますね」

「遭わないよ。誰にも損はさせてない」

本当に口の減らない男だと思ったとき、一台のスポーツカーに颯爽《さっそう》と追い抜かれた。

そして気付いた。急いでるはずの彼がとても丁寧な運転をしてくれていることに。

「この先のサービスエリアで軽く休憩するから、そのときにでも確認してください」

私は首を傾げて、なにが、と聞き返した。

「今夜の服。後部座席にあるから。時間がなかったから、イマイチだったらごめん」

びっくりして、お金、と言いかけると、彼は素早く付け加えた。

「履歴書をごまかしてなければ、君も来週、誕生日だし」

なんて人だろう。憎たらしいのに憎めない。
目を伏せると、ハンドルを掴んでいない左手が飛び込んできた。
この人を一度でいいから動揺させてみたい。
そっと指先に触れた瞬間、自分の鼓動のほうが跳ね上がった。
一方、彼は淡々と運転を続けていた。
恥ずかしくなって、払いのけられる前に離そうとした瞬間、呼吸が止まった。
「間に合わないから、やっぱりこのまま東京に向かおうか」
私は小さな声で、そうですね、とだけ答えた。
優しく握り返された手を振りほどくこともできないまま。

奇妙に美しかった夜

太一の寝息が漏れてきて、私はため息をついて、寝がえりを打った。冷房のきいた寝室には、静かな雨音が響いている。目を閉じると、自分の心音と重なった。なんて静かで心地いい夜だろう、と思った。はたから見れば、私は大変で不自由で可哀想なのかもしれない。少なくとも、ある種の人たちにしてみたら。

だから、今でもあの雨の夜のことは、私だけの胸に秘めている。誰にも分かってもらえないと思うけれど。

数年前、夫から逃げるように離婚した、あの奇妙に美しい夜のこと。

電光掲示板の明かりが、ひとつ、またひとつと消えて、とうとう最後のひとつになったとき、先輩は濡れた傘をたたみながら、やってきた。大きな革のカバンを肩に掛けて、カーキ色のだぼっとしたブルゾンを着て。

改札の脇に突っ立っていた私を見て、先輩は笑いながら、大きく片手をあげた。

「おう、奈緒。ひさしぶり。今日は息子は？」

「実家の母のところです。さっき預けて、私だけ戻ってきたんです。すみません、先輩もお忙しいのに。ファミレスでと思ったけど、先輩、次、終電ですよね」

私があせって言いながら、バッグから茶封筒を取り出すと

「うん。だから、あんまり色気がなくてすまないけど、そのへんでいいなら、な」

先輩は申し訳なさそうに言うと、短髪の頭を掻いた。

券売機には、カバンを置く台がある。そこに書類を広げた。

終電間際の駅構内は明かりに包まれていて、まばらだけど喧騒も残っている。

流動的な人たちの気配があふれる中で、私たちだけが空間のポケットにもぐり込んだみたいだった。

券売機に近づいてきた人たちが、不思議そうにこちらを見た。そんなに大きくはない『離婚届』の三文字が、鋭い刃物のように光って見える。

先輩に初めて出会ったのは、大学三年のゼミのときだった。

二浪して入学した彼は、優しくて面倒見が良いわりにどこか抜けたところがある人だった。

本当に誰からも好かれる人で、その愛され方は、子供の頃に好きだったテレビアニメのヒーローみたいだった。

飲み会ではいつも誰かしらに人生相談をされていて、私自身も悪いと思いつつ気がつけば先輩に頼っていた。卒業後もその関係は変わらず、この日が来るまで、いったいどれだけ夫の話を聞いてもらったか分からない。

先輩の大きくて乾いた手がペンを走らせる。券売機の前で離婚届の保証人欄に記入してもらうのを見守るなんて、小学生のときの私が見たら絶句するだろうな、と思った。

最後に、先輩はブルゾンの内ポケットから印鑑を取り出すと、ぽんっ、と軽い感じで押した。

「はい。これで大丈夫だと思うから」

先輩はそう言って、上半身を起こした。

私は、どうもありがとうございます、と言って深々と頭を下げた。

「じゃ、悪い。俺、今日はどうしても終電逃せないから」

私はとっさに笑って
「彼女が来てるんですか？」

と訊いた。

先輩は無邪気な笑顔を浮かべて、おう、と頷いた。

地元の高校に通っていた頃から付き合っているという彼女のことを、先輩は大学に入って遠距離恋愛になってからも、ずっと大事にしていた。

「なにか記念日ですか？」

すると、先輩はちょっとだけ黙ってから、うん、と自分で納得したように頷いて
「奈緒には報告しておくよ。俺、結婚するよ。来年の春から北海道勤務になって、地元に戻れることになったからさ」

とっさに声が詰まらなくて良かったと思った。

「それは、本当におめでとうございます。ごめんなさい、そんな大事な日に。こんな縁起の悪いことを」

「全然。勉強になったよ！　なんちゃって。活かさないようにするけどな。じゃあな。おまえも体には気をつけて」

ありがとうございます、と頭を下げると、先輩は大きな手でぽんと背中を叩いてくれた。

そして改札の向こうへと足早に去っていった。

私は傘を開き、駅から静かに歩き出した。

区役所はすっかり明かりが消えて、巨大な影だけがのっそりとたたずんでいた。

正面玄関脇の夜間受付は半地下になっていて、ゆるやかな階段を下りていくと、からっとガラス窓が開いて、目尻に皺のある職員の男性が顔を出し、どうしました、とささやくように尋ねた。

私が目的を告げると、すぐに奥の個室へ通してもらえた。

書類をチェックしてもらっている間、私はずっとスカートの裾をつかんだり爪を見たり、落ち着かない時間を過ごした。

最後に離婚届を提出した証拠として、自分と夫の名前を記入する段階になったとき、一瞬だけペンを動かす手が止まった。

職員の男性が訝しげな面持ちで、作業する手を止めた。

「どうしました？」

いえ、と私は首を横に振った。それから走り書きでごまかすようにして、ぐちゃぐちゃっと夫の名前を書き込んだ。


受付を離れ、また階段を上がっていて、ふと立ち止まった。

私は深く息を吐いた。

夫と初めて出会ったとき、学生証の名前を見て、あ、と思った。ひろつぐ。漢字で、博次。それは漢字が違うだけで、先輩の名前と同じだった。

それだけのこと。でも、たったそれだけで、今の私はここにいるのかもしれない。

階段を上がり切ると、真夜中の大通りに出た。誰もいない、かすかにオレンジ色の街灯だけが足元を照らしている。濡れた真っ黒なアスファルト。巨大なビルも影となり、闇はグロテスクなほど艶を帯びていた。

すべてが、いっぺんに終わることもあるなんて。でも思っていたよりもずっと淋しくて不安じゃなかった。自由だ、と思った。どこへもいける。

行き先のない航海に出るような孤独。野蛮な夜の気配。雨の匂いがする。

私は両手をいっぱいに広げて深呼吸しながら、この夜の光景をずっとずっと忘れないだろうと思った。

忘れ物

いうなれば彼女はクイズ番組の一等のハワイ旅行である。全問正解することの前に、参加資格を得る権利が一般人には与えられないのだ。だから正社員にもかかわらず未だにバイトと間違えられるようなボクは無謀なチャレンジなどせずに、レジの中から彼女を眺めるのである。

男が近付くと、彼女はすぐに雑誌を閉じた。

二人がこの書店に来るようになったのは、一年ほど前からだった。たいてい男だけが実用書か、車やワイン等の趣味の本を買う。

ボクはズレた眼鏡を直して、男の肩越しに彼女を見る。

黒いスカートから出た脚が長く、美脚好きとしては満点だが、背が低くて肉付きの良い自分と並んだらバランスが悪いだろうなあ、とひとりごちる。

男は一見穏やかだが、どことなく薄情そうでもある。こういう奴にかぎって穏やかそうな美人が寄ってくるのはなぜだ。

二人は書店を出ると、同じフロアにあるカフェに立ち寄る。そのまま互いに本を読み始めることも多く、安定した付き合いの長さを感じていた。


いつものように男がやって来たとき、ボクは思わず文庫本にカバーをかける手を止めた。

男はべつの女といた。

都会的な彼女とは真逆の、熱帯の花みたいな子だった。洗練されてこそいないものの、ショートパンツから出たふくらはぎがむっちりと色っぽい。

熱帯の女は、ジャズのスコア二冊と分厚い推理小説を買った。

「君、文字が読めたんだな」

「吉原さんは女子ですね」

男はカフェ特集の雑誌を抱えたまま笑った。愛嬌も見せるんだな、と意外に感じた。

二人が立ち去った後、ボクの前に一冊のファッション誌が差し出された。顔を上げると、なぜか脚の綺麗な彼女が立っていた。ボクはさらにびっくりして金額を言い間違えてしまい、彼女は不思議そうに首を傾げながらも、二千円札を差し出した。

彼女は本とおつりを手にすると、レジに背を向けた。どうやら二人には気付いていないようで、鉢合わせするぞ、とひやひやしていたら、偶然にも彼女の足元に落ちた赤いカードケースを見つけた。

ボクはそれを拾い上げて、彼女の視界におずおずと割り込んだ。

「これ、忘れてませんか?」

その首が、いえ、と横に振りかけて、固まった。

彼女の視線は、ボクの左肩の上を通り越していた。

しまった、と思った瞬間、彼女はボクの背後を指さして言った。

「あの子が忘れたんだと思います」

振り返った先には熱帯の女がいた。

彼女はカードケースを摑むと、ボクが、いやそれは、と言いかけたのを無視して歩き出した。

「これ、あなたの忘れ物だと思う」

熱帯の女が振り返った。そして、ふっと見とれた。おそらくは、綺麗な人ね、そんな感想を抱いて。

「吉原」

と脚の綺麗な彼女が呟いた瞬間、熱帯の女の眉根《まゆね》がかすかに寄った。

彼女は赤いカードケースを、熱帯の女の胸に押し当てた。心臓に重ねるみたいにして。

「……吉原さん、お知り合いですか？」

男は取り乱した様子もなく、熱帯の女に言った。

「前に話した、僕の恋人です」

その言葉に、ボクはきょとんとした。なんだ、三角関係じゃないのか。

そう思いながら、脚の綺麗な彼女のほうを見て、びくっとした。

その目は、今初めて激しい怒りで見開かれていた。

彼女はカードケースを引き抜くと、ボクに返しながら

「ごめんなさい。やっぱり違ったみたい」

とふるえる声で告げた。

カードケースの表面には細い指の跡が浮き上がっていたが、彼女が店を飛び出したときには、もう消えていた。

偶然の家族

太一の手を引いて、駅の改札を抜けたとき
「小泉さんですよね？」

振り向くと、銀縁メガネを掛けた男性が立っていた。

「中越さん、偶然ですね。今日はお休みですか？」

彼は清々《すがすが》しい口調で、〆切明けなんです、と答えた。目の下に浮かんだ青隈がその戦いを物語っていた。

「それはおつかれさまです。ああいう創造的なお仕事って、ただ淡々とこなせばいいわけじゃないから大変でしょうね」

中越さんはびっくりしたように、いえいえ創造的だなんて、と否定してみせたけれど、彼がなかなかの売れっ子イラストレーターであることを私は知っている。なぜなら二年前から確定申告を任されているからだ。

「小泉さんって、お子さんいらしたんですね。あ、このTシャツ、毎週日曜日にやってる戦隊物だ」

太一が嬉しそうに、レッドよりイエローのほうがかっこいいんだよ！と答えた。

「小泉さんはお買い物ですか？」

「ええ。中越さんは？」

彼はちょっと口ごもると
「今度、アシスタントの女の子が誕生日で。と言っても、なにをあげたらいいのか分からないんですけど」

私はあらためて中越さんを見た。

白いセーターに無地のシャツにジーンズ。年齢のわりにあどけない顔立ちのせいか学生のようだった。

「女性へのプレゼントって難しいですものね」

「そうなんです。あ！　もし良かったら、小泉さん、少し付き合ってもらえませんか？」

中越さんは、広い店内を見回してから

「女性には、やっぱりこういうネックレスとかですか」

とショーケースの中を指差した。

「うーん。よほど親しい仲ならありですけど」

「じゃあ違うな。困ったなあ」

「身に付ける物でもブローチくらいなら。あと今年流行ってるスカーフとか」

彼はスカーフを手に取りながら、なんか懐かしい感じですね、と素直な感想を口にした。

お会計のときに店員の女性から
「息子さんはお父さん似ですね」

と言われ、私たちは目を丸くした。

店を出てから、私が笑いながら
「たしかに休日に子供連れだったら家族に見えますよね」

と言ったら、中越さんは心配そうに口を開いた。

「旦那さんに怒られたら大変だ。太一君、黙ってるんだよ」

太一がふいに大人びた口調で
「うち、お父さんいないよ」

と冷静に告げた。

「数年前に離婚したんです」

と私が付け加えると
「そっか……太一君、甘えたい年頃だろうに、がんばってるんですね」

その言葉を聞いて、良い人だな、としみじみ思った。

「お母さん。ゲームまだ?」

「はいはい。あの、私たち、今から電気屋に」

途端に中越さんは目を輝かせた。

「いいなあ。僕もご一緒していいですか?」

私が、え、と面食らっている間に、太一が、いいよーっ、と答えていた。


駅に戻ってくる頃には夕方になっていた。

「ありがとうございました。ケーキまでごちそうになって」

私はそう告げてから、思い出し笑いをしてしまった。

「小泉さん？　どうしたんですか」

「だって中越さん。あまりに戦隊ヒーローになり切ってたから」

電気屋のおもちゃ売り場での二人のはしゃぎっぷりは、それはもう目を見張るほどだった。

私ですらうろ覚えの武器やベルトや敵の名前を、中越さんはすらすら口にしながら、この玩具メーカーは昔からこういう商品が強いとか、あの敵役のデザインはもともと八〇年代に放映していたものがベースになっていて、などという知識を披露した。

最後は太一と一緒になって剣を振りまわし、売り場の店員に見つかって本気で叱られて、しょんぼりしていた。

「すみません。僕、夢中になっちゃうと、つい時間を忘れちゃって」

「だからこそ夢のあるお仕事ができるんだと思いました。本当にありがとうございました。楽しかったです」

「そんな、僕こそ。太一君、良かったらまた遊ぼうね」

「またっていつ？」

私が、中越さんは忙しいんだから、と諭すと、太一はうつむいた。

中越さんは手帳になにかを書き付けると、さっと破って、太一に差し出した。

「好きなときにかけてくれていいからね」

そこには携帯番号と、太一の好きなアニメのキャラクターが描かれていた。さすがプロ、と感嘆する出来だった。

「あの、ご迷惑じゃあ」

「全然。テレビゲームとか一緒のほうが楽しいし。僕の家、ワンルームだけど、テレビは40型ですから！」

私は内心、目に悪くないのかな……と心配しつつも、笑顔で去って行く彼に、太一と一緒に手を振った。

一番似合う相手

店の前でタクシーを降りた途端、冷たい風が吹いて、近くの公園から黒猫が飛び出してきた。

黒いヴィロードのような影は、すぐに夜に消えた。

店内は大にぎわいだった。パーティはすでに後半に入り、酔った招待客たちの笑い声が弾けていた。

見渡したものの、ミナの姿はなかった。

先日、僕の店で働く留加と一緒にいるところを、彼女に見られた。

その場で、ミナを僕の恋人だと紹介したら、なぜか青ざめたのは留加ではなくミナのほうだった。今日も一緒に来る予定だったが未だに連絡はない。

おそらく彼女は誤解したのだろう。僕が婚約を解消したのは、留加に気持ちが移ったからだと。

たしかに留加になんの関心も抱いていないと言ったら嘘になる。ただしそれは女性に対してというよりも、天真爛漫だけどしつけのなっていない犬を手なずける楽しさに近かった。たしかに僕には関係が安定して先が見えた途端、よそに手を広げたくなるようなところがある。経営者というのは肩書きだけではなく本分なのかもしれない。

それでもミナとの結婚を遠ざけて、一緒に暮らしていた部屋を出ていくという彼女を引きとめなかったのは、もっとまったく違った事情からだった。ただし、それを彼女に説明するつもりはなかった。

そのとき、知人の女性が声をかけてきた。

「あれ。吉原さん、一人なの？」

僕は笑いながら、ふられたんです、と冗談を口にした。

途端に、彼女の表情が露骨に曇ったので
「本当にそうなったら、さすがに笑っていられませんけどね」

そう続けると、彼女は声を大きくして
「本当に⁉ びっくりした。だって彼女、さっきすごく綺麗な男性と一緒にいたから。あー、焦《あせ》った」

その言葉に、僕はふと笑うのをやめた。

いったい誰だろう……彼女の友人たちは、皆、それなりに見目がよくお洒落だが、知るかぎりでは、そこまでの相手というのは思い当たらなかった。

二階から、長身の男女がゆっくりと階段を下りてきた。僕は眩しいものを見るように目を細めた。

艶のある肌を大胆に露出したドレスも、黒一色のため下品さはなかった。その装いには一切の隙がなく、他の女性たちが霞《かす》んで見えた。

皆が遠巻きにミナを、正確には彼女たちを見ていた。

となりに寄り添う黒いジャケットの男を、たしかに僕は知らなかった。すらっとした体つきの清潔感と、端整な顔立ちの中に、不思議な色気があった。

二人はどことなく雰囲気が似ていた。服装や顔立ちだけじゃなく、不純物を削《そ》ぎ落とした感じが。彼らを前にすると、自分が俗物のように感じられて、少々嫌な気分になった。

ミナはまわりの人々と話しながら、途中でこちらに気付いたように、軽く片手を挙げた。

「来てたんだ」

皮肉かと思ったが、彼女はさっぱりとした笑顔を浮かべていた。

となりの男が会釈して、言った。

「はじめまして。ミナさんにはいつも仲良くしてもらっています」

彼女が、彼とは最近よく会ってるの、と説明すると、そばにいた初老の夫婦が驚いたように
「あんまりお似合いだから、もう長いことお付き合いされてるんだとばかり」

と顔を見合わせた。

彼女がこちらも見ずに、明るい声を出した。

「いえ。私が付き合ってるのは、そこにいる吉原です」

一斉に向けられた視線を受け止めた瞬間、ようやくすべてを悟った。

あのとき、僕はもっと取り乱して言い訳するべきだったのだと。

あの場で平然と恋人扱いされた彼女が、どれほどプライドを傷つけら

れたか。

今、彼女が微笑みながら紡ぐ言葉は、僕を絡め取る蜘蛛《くも》の糸のようにも、拒絶する結界のようにも感じられた。

困惑する人々に囲まれ、僕は居たたまれない気持ちになりながら、仕方なくシャンパンを飲み込んだ。

変身

銀座のフランス料理店で、ひさしぶりに会った姉は珍しく感情的になっていた。

「それでね、二股《ふたまた》相手の女に、ミナを紹介したって。信じられないでしょう」

一杯目のワイングラスを早々と空にして、息巻いた。

「紹介しただけ、まだ誠実じゃないの？」

俺は牛肉のカルパッチョを切り分けるのに手こずりながら、そう言ってみた。

　となりのテーブルでは、ほとんど物音を立てることなく中年夫婦が食事を楽しんでいる。ナイフとフォークの使い方なんて学校で習うわけでもないのにいつのまに身につけるのだろう、と思っていたら
「あんたは若いから分からないの。動揺して言い訳するほうが、まだよっぽど可愛げがあるの」

　姉はそう一刀両断した。俺は、はいはい、と相槌を打った。

　女性の話を聞くなら、本気でアドバイスを求められているとき以外、適当でもいいから同意するしかない。

　この聡明な姉ですら興奮しているときにはそうなのだから、世の中の女の人は男と話していたら、さぞかし苛々するだろうと思う。

「今度、吉原さんとパーティに行く用事があるって言うから、冗談じゃないと思って提案したの。違う相手と行くべきだって」

「それで俺を当て馬に？」

驚いて、皿の鴨肉と姉の顔を見比べると

「下品な言い方しないの」

と諭したのは、いつもの姉らしかった。

「急に飯奢《おご》ってくれるって言うから、なにかと思ったら。けど、べつに俺じゃなくても」

「相手の立場がなくなるくらい美形がいいの」

実の弟を、立場がなくなるくらいの美形、と言い切るのもいかがなものだろうと思いつつ、そこまで言われると、さすがに無下にもできなくなった。

もっとも男としては持って生まれただけの外見を評価されるよりは、頭が良い、とか、頼りがいがある、といった誉め言葉のほうがよほど嬉しいのだが。男心に疎い姉にそれを求めても仕方ない。

「それを当て馬って言うんだよ」

と指摘しつつも、食事代分くらいは働くか、という気になってきた。

「分かったよ。俺、いつどこに行けばいいの？」

姉は、その前に、と俺の着古したシャツやチノパンを眺めると
「試合前の準備をしないとね」

と二杯目のワインを注文しながら言った。


日曜日の電車の中でうたた寝をしていたら、姉からのメールが届いた。

『ごめん！　急な仕事入った。後から合流する。』

思わず小声で、おい、と呟いてしまった。姉に彼氏がいないのは絶対にこのワーカホリックが原因だと思いながら。

改札を出ると、花屋の前でキョロキョロしてる美人がいたので
「あの、小泉奈緒の弟の樹ですけど」

俺が声をかけると、彼女はまばたきして
「奈緒は、自分には似てないって言ってたけど、そんなことないね」
と笑った。想像より気さくな人だったので内心ほっとした。
大人の雰囲気を演出する服だらけの店内で、彼女はジャケットを俺の胸に当てると
「王道だけど、やっぱり黒かな」
と呟いた。
すかさず店員がやって来て
「中のシャツは柄物で遊んでもいいし、すっきり無地でも映えると思いますよ」
俺の意見は聞かずに、二人はあれやこれやと熱心に話していた。
女の人って本当に服が好きだな、と感心しながら、俺はシャツとジャケットを受け取って試着室に入った。

俺がカーテンを開けると、店員が、うわあ、と明るい声をあげて
「お客様、ばっちりじゃないですか」

と驚いたように言った。

「彼、俳優さんみたいですね」

と店員が同意を求めると、彼女は頷いて
「うん。本当に、すごくかっこいい」

真っすぐな台詞に、ちょっとどきっとした。

「私も秋物のドレス、試着してみようかな」

「一つ聞いていいですか?」

そう声をかけると、彼女は黒いドレスを手にしながら振り返った。

「こんな回りくどいことしないで別れちゃえばいいのに。あなた、綺麗だし感じ良いし」

笑みがゆっくりと薄れて、なにかを心に決めたような眼差しが浮かんだ。

「こんなことに付き合ってくれて、本当にありがとう」

とだけ彼女は返した。

着替えを待っている間、この不思議な状況について考えていた。

当日はいつから演技すればいいんだろう……と悩む必要はなかった。

試着室のカーテンが開いた瞬間に、それは始まっていた。

「ちょっと露出しすぎかな」

俺は、そんなことないですよ、と即答した。今さらひどく緊張しながら。

彼女は、ありがと、と安心したように微笑むと、きびすを返した。

後ろ姿がカーテンの向こうに消えた後も、ドレス越しの体のラインが、網膜に残った。

相手の男が顔色を変える瞬間を、俺もなんだか見たくなっていた。

横顔

左手の薬指を光らせながら
「ごめん、急な接待で。チケットは僕の分もあげるから」
梶原さんはそう言って、頭を下げた。
先週まで指輪なんて付けてなかっただろ！　と内心突っ込みつつも、
私は仕方なく
「そんな、かえってすみません」
大人の対応で微笑んでおいた。

がさっとトレンチコートを羽織って店を出ると、吉原さんが追ってきて

「これ、来月のタイムスケジュール」

と印刷した紙を差し出した。

「どーも」

「あいかわらずピアノから離れると田舎の不良みたいだな」

「好きでもない相手にふられて気分が悪いんです。ライブ、楽しみにしてたのに」

「ああ、梶原さんか。結婚してたなんて僕も知らなかった。奥さんにチケットの領収書でも見つかったかな」

吉原さんは腕時計を見ながら、言った。

「明日のライブなんて急すぎて誰もつかまらないし。あ、吉原さん、興味あります？　あるわけないですよね」

すぐに否定したのは、この人が流行りのポップスなんて聴くわけないと思っただけじゃなく、先日鉢合わせした彼女の顔がよぎったからだ。

憎まれるのはそこまで怖くない。

ただ、あの彼女との間に割って入るなんて、到底できないと思っただけだ。

そのとき、吉原さんがすっと手を差し出した。

「え？」

「チケット。見せて」

彼は一瞥《いちべつ》すると、ＣＤ持ってるよ、と言った。

驚いてる私に、彼は複雑そうな面持ちで

「今月は二番目月間だな」

と意味不明な一言を呟いた。

ライブ会場は、観客の体温でひどく蒸していた。

吉原さんはジャケットを脱ぐと、黒いTシャツ一枚になった。初めて目《ま》の当たりにする太い肘《ひじ》。二人の肩の距離もいつもより近い。

「クラシック以外も聴くんですね」

「僕にも思春期はあったから。君は？」

「音楽ならなんでも聴きますよ。ロックだってパンクだって。田舎の不良ですから」

彼は肯定するように目だけで笑った。

「そういえば年末年始ですけど、帰省しなきゃならないので、今のうちに予定を」

私はバッグから手帳を取り出した。

新品のミルクティー色の手帳は、まだ余白ばかりが目立つ。気に入って買ったときは、まだ早いかな、と思ったけど、もう今年も残りわずかだ。

「帰省か。今度は呼び戻さないから、ゆっくり戻ってきてください」

「そうします。吉原さんもご実家に?」

「都内だし、どうせ実家に帰っても、一人だから」

「一人って、ご家族は」

彼は首を横に振ると
「たぶん店のお客さんと飲んでるよ」

とだけ返した。穏やかに、それでいて突き放すように。

私は思い切って、尋ねた。

「彼女とは、上手くいってないんですか?」

その直後、照明が落ちて、歓声の波が押し寄せてきた。ステージを見つめる横顔が急に遠く感じられた。

「嘘をついてるから」

「あなたが？」

彼がこちらを向いた。その目には、初めて不安定な感情が滲んでいた。

「二人とも」

破裂するような音が響いた瞬間、会場内が光に包まれ、真っ白な紙吹雪《ふぶき》が二人の間に降り注いだ。

男同士

カウンターで飲んでいたら、かすかに背後の空気が揺れて、ドアの開く音がした。振り返ると、吉原が立っていた。ちょうど先客が入れ違いに帰って、ビリヤード台が空いたところだ。

「ひさしぶり。なに、飲んでた?」

と吉原はコートを脱ぎながら訊いた。

「ギネス」

と僕は答えた。

同じ男子校に通っていた頃から吉原は変わらない。なに食うの。どこで遊びたい。飯はどうしようか。女の子にするような質問を、野郎相手にも当たり前のようにする。

「じゃあ、俺も同じで。台が空いてるな」

僕は頷いて、黒くほろ苦い液体を飲み干した。

ビリヤードは、高校の頃、定番の娯楽の一つだった。

もっとも本気でのめり込んでいたのは僕らだけで、ほかのやつらにとっては、女の子の前で格好をつけるための道具だったけれど。

学校帰りは、みんなで渋谷に繰り出して、クラブになだれ込み、女の子に声をかける。僕たちが特別に遊び人だったわけではなく、この界隈の男子校生は通学路のようにそのコースを通っていたのだ。女の子が思春期になると、太っていようが痩せていようが、とりあえずダイエットを始めて化粧をするみたいに。

ある夜、踊っているやつらをフロアに残して、吉原が隅っこでなにか手帳に書き留めていた。

「なにしてんの」

怪訝《けげん》に思って尋ねたら

「参考までに、店の内装とか接客とかメモしてたんだ。いずれ父親の店を手伝うから」

と言った。僕が感心して

「通学路じゃないんだな。吉原にとっては」

と呟いたら、彼は手を止めて、手帳から顔を上げた。

そして、ふと僕を見て

「名前、なんだっけ？」

と訊いた。その夜を境に、僕らは集団行動をやめて、二人で遊ぶようになった。

「最近、彼女できたんだ」

と僕がキューの先端にチョークをつけながら言ったら、吉原は笑って
「職場の同僚の子？」

と半ば確認のように訊いた。

「いや、中学校の同級生。たまたま深夜のバーで再会したんだけど」

と説明した後に、言おうか迷ってから
「初恋の子だったんだ」

そう告げたら、吉原は驚いたように、僕を見た。まるで僕の名前を尋ねたときのように。

「中二のときに、彼女、病気で入院して。だから学校も来なくなって、それっきりだったんだけど」

吉原は真顔のまま
「ほかのやつだったら死ぬほど胡散臭くても、おまえだったら、そうい

うことが起きてもおかしくない感じがするな」

と呟いた。おそらくは皮肉ではなく、率直な感想として。

「いい話だな」

「吉原は、そういうの苦手そうだけどな。昔からさらっと女の子と付き合うタイプだったし」

吉原はそれには答えずに

「ナインボールにしよう」

と提案した。前かがみになり、玉を突くと、四方に散り散りになった。

あの頃、遊んでいた仲間の大半はもう連絡先も知らない。

卒業後、二回だけ元同級生の結婚式に招待された。たぶん吉原は一回も招かれていない。本人が連絡を取っていないせいもあるだろうが、なんとなく吉原は招待客には向かない気もした。根本的に信用していないように見えるのだ。他人を、じゃなく、永遠というものを。

「結婚するときは、招待しろよ」

吉原が唐突に、僕の心を読んだように言った。

「さすがに再会したばかりだから。まだ全然、考えてもいないよ」

「分かってるよ。だから考えたときのために今から言ってみたんだよ」

と彼は冗談めかして笑った。

「いいけど、参列したのに冷めた目で見るのはやめてくれよ」

「なにを?」

と今度は吉原が不思議そうに訊き返した。

「一生とか、誓うだろう。結婚式ってさ」

吉原は、ああ、と笑うと
「橋本にはできると思うよ。それは俺も信じられるよ」

と言った。僕はふと、十年後もこいつと玉を突いたりするのだろうか、
と考えた。

まるで似ていない二人が、偶然転がった玉がすこんと穴に落ちるように親しくなって、ほんの一時の他愛ない遊びが五年も十年も年月をつないでいく不思議を思った。

「ところでおまえのほうは最近どうなんだよ」

と僕が尋ねると、途端に、吉原は苦笑いして

「色々ひどい目にあった」

とだけ言ったので、いつだって要領が良くて冷静な吉原でもそんなときがあるのかと思ったら、僕はなんだかにやっとしてしまった。

「俺が負けたら奢ってくれるか？」

と吉原が前かがみになりながら訊いたので

「普通は逆だろ」

と突っ込みながらも、たまにはそれも悪くないなと思いながら、僕らはゲームを再開した。

秘密の後で

雨上がりの街は白く霞んで、冬の匂いがした。

ミナがショーウィンドウの中を指差して
「あのバッグ、奈緒に似合いそう」

俺は、どれどれ、と覗き込んだ。紺とベージュの二色使いでかっちりとした雰囲気のハンドバッグは、たしかに姉を連想させた。

リボンのかかった紙袋を手に店を出ると、街は一段と冷え込んでいた。

先日のパーティ後、二人で打ち上げがてら飲みに行った。

好きな映画やスポーツの話題で盛り上がり、別れ際に、姉の誕生日プレゼントを買いに行く約束をしたのだった。

映画館の前を通りかかったら、彼女が
「今日から上映なんだ」

と呟いた。大ヒットしたシリーズの完結編だ。

「私、第一作目からずっと観てて」

「俺も。次の回は一時間後か」

「ねえ、もし良かったら」

「うん。それまでどこかで時間潰しましょう」

お互いのわくわくした気持ちが高まっていくのを感じた。素直に楽しみたい半面、どうしても気がかりなことがあった。

「あれから、彼氏から連絡はあった？」

彼女は、ううん、と首を振った。あっさりした声の奥に、溶け残った雪のような硬さを潜ませて。

「俺にはやっぱり分からないんだよな。その状態で別れない理由が」

彼女は黙ったまま、歩き出した。

擦れ違う人たちにぶつかりそうになるのをそっと肩でかわしながら、数センチずつ彼女との間隔が空いていくことに気付いていた。

ミナは、巨大なファッションビルの前で立ち止まると、看板広告を見上げた。

金髪のショートヘアに青い瞳の外国人モデルが、ジーンズの後ろポケットに両手を突っ込んで、表情をくしゃくしゃにして笑っていた。

「最初に彼を好きになったのは、私の親友だったから」

彼女が突然、暗い森から抜け出すように言った。

「モデル仲間の、アメリカ人と日本人のハーフの女の子で、本人はアメリカ人の血が入っているわりに胸が小さいって気にしてたけど」

そこまで説明して、ミナは思い出したように笑った。それからいっそうの後悔を滲ませた目をして、続けた。

「同性から見ても、ボーイッシュでさばさばしていて、すごく魅力的な女の子だった。六本木のクラブで絡まれていたところを助けてもらったって。まるで王子様の話をしているみたいに、私に教えてくれた。誰にでも警戒心がなくてフレンドリーな子だったから、彼のこともすぐに紹介してくれて。三人でしょっちゅう遊ぶようになって、でもあるとき、ぱったり話を聞かなくなって。彼に告白されたのは、その直後」

「その子とは？」

「数年前にお父さんの仕事の都合で、アメリカに戻ったきり。一度メールしたけど、返事はなかった」

その顔には、くっきりと自分を責める気持ちが浮かび上がっていた。

「でも、あなただって、彼のことが好きだったんでしょう。それでも付き合うくらいに」

彼女はこちらを見上げた。崩れそうな目で。

「結婚の話が出たとき、本当は迷ったのは私のほうだった。彼の仕事中心の生活とか、能力はあるけど冷たいところとか。一緒にいたらいつか、もっと暖かい場所に帰りたくなるんじゃないかって。でも別れたら、彼女を傷つけた意味がなくなる。そう考えたら」

「それなら確かめよう。その女友達がどうしてるか」

彼女は驚いたように、黙り込んだ。

「大丈夫。最後まで付き合うから。連絡先、今、分かる？」

彼女は口を開きかけて、また閉じた。

そのまま公衆電話に向かい、一つ一つ、慎重にダイヤルを押した。

二人分のココアを買って戻ってくると、もう電話は終わっていた。

「自分が甘党だから同じのにしちゃったけど、良かったら」

紙コップを差し出した俺を、彼女は振り返った。その目からは涙が流れていた。

「だめ、だった？」

彼女は呆然としたまま、首を横に振った。

「アメリカで知り合った日本人の男の人と結婚するから、来年、日本に戻ってくるって。私にも招待状を送りたいって」

俺がほっとして、良かったね、と言いかけたとき、彼女が呟いた。

「あんなに、好きだったのに。こんなふうに気持ちが終わるなんて想像もしてなかったくらいに」

彼女は言い終えると、吐き出すように泣き出した。

その小さな頭を抱きかかえるために、俺は両手の紙コップを足元に落とした。

夜を分け合う

久々に模様替えをしたら、綺麗に片付いた部屋でゆっくりお茶を飲みたくなった。

翌日のお昼に新宿まで出て、今流行っている可愛いルームウェアのお店に寄ってみた。

パステルカラーのパーカや靴下を衝動買いして、紅茶専門店でちょっと高価な茶葉も買った。そんなふうに自分の楽しみのためだけにお金を使うのはひさしぶりで、贅沢な気分に満たされながら、紙袋を大事にぶらさげて帰宅した。

夜までわくわくしながら待って、夕食後にさっそく新品のルームウェアに着替えたら、想像していたよりもすごく肌触りが良くて柔らかい着心地に嬉しくなった。鏡に映った自分は、いつになく女の子らしい。

ゆっくり紅茶でも飲もう、とお湯を沸かしていたら、インターホンが鳴った。

田舎の母親が野菜でも送ってきたのかと思いながら、魚眼レンズを覗き込んだ私は

「吉原さん？　こんな時間になんですか」

私はとっさに尋問口調になりながら、ドアを開けた。

彼は無言でポケットに手を入れると、白いスマートホンを取り出した。

「あ」

「店に忘れたのはいいとして、なんで君は今の今まで気付かないんだ」

彼はあきれたように言った。

「じゃあ、僕は失礼するから」

彼が帰ろうとしたので、私はさすがに申し訳なくなって言った。

「あの、良かったらお礼にお茶でも淹れます」

彼はちょっとだけ間を置くと、じゃあ一杯だけ、と紳士的に答えて、靴を脱いだ。

台所でお湯を沸かしていたら
「カレーの匂いがするな」

と彼が呟いたので、お腹空いてるんですか、と冗談半分で尋ねたら、うん、と珍しく素直な相槌が返ってきた。

私は鍋を温め直して、特製の鳥手羽カレーをよそった。

吉原さんは白いシャツの袖を軽く捲《まく》ってから、スプーンを手にした。

その手の大きさにどきっとした。

「骨付きの肉が入ってるのは珍しいな」

と彼が言ったので、私のオリジナルです、とちょっと誇らしげに答えた。

「ちょっと食べづらいけど、肉がほろほろに柔らかくなって、美味しいと思うんだけど」

「うん、美味《うま》いよ。食べ応えがあるし。この、とろっとしてるのはチーズかな」

「正解。三種類の隠し味、ぜんぶ当てられたらタダにしますよ」

「当てられなかったら？」

私はちょっと考えてから
「この前言ってた、嘘ってなんですか」

と訊いた。

「ソースと、あと醬油か」

「惜しい。最後だけ外れ」

「父親が死んだら、店は弟のものだよ。僕は先妻の連れ子だから」

「弟さん、いたんですか」

私はびっくりして尋ねた。

「まだ大学生で、今は留学してる」

「でも吉原さんがいるからお店は」

「だからよけいに父は心配して、弟に譲れるものは渡すつもりじゃないかな。僕はいいんだ。いずれ独立する練習みたいなものだから」

「じゃあ家族って、全員、義理」

「そう。正月は両親そろって弟に会いに行くから、僕以外は海外だよ」

私は紅茶の缶を開けながら、ふと気付いた。

「その話を彼女にはしてないってこと？」

「そもそも付き合ってる相手に、話したことがないからな」

と彼が当たり前のように言ったので、私は唖然《あぜん》とした。

「信じられない。それって、付き合ってるって言えるんですか」

「お互いの家庭環境を打ち明けなくても、楽しい時間は過ごせるだろう」

私は眉を寄せた。この人は表面的な付き合いが上手なだけで、その根っこは地中の奥深くに埋めて誰にも見せたことがないのかもしれない。

「それで婚約とか、変じゃないですか?」

「だから話そうとしたんだよ。でも、できなかった。僕たちは肝心なときに二人とも本音を殺すタイプなんだ。お互いに踏み込めなかった。たぶん僕は根本的に他人と生きることに向かないんだ」

「面倒臭い人ですね」

と呟いてしまってから、さすがに失礼だったかと思ったけれど、吉原さんはふっと吹き出して

「そうだな。珍しく君の言うことが正しいな」

と笑顔で憎まれ口を叩いた。

「それなら、はっきりと吉原さんから別れを切り出したら、どうですか?」

思わず確信的な質問をしてしまうと、彼は短く息をついて
「いや、そうする必要もないだろう。彼女はもうきっと」

そのとき携帯電話が鳴り出して、彼は靴を突っ掛けると、電話片手に外へと出て行った。

彼女かな、と思ったら胸が痛んだけど、仕方ない、と思い直して、流しにお皿を置いた。


三十分経っても戻って来なかったので、私はコートを羽織って、マンションの廊下へと出た。そこに吉原さんはいなかった。

大通りを歩きながら、吉原さーん、と呼んだら、なぜか頭上から声がした。

「なにしてるんですか?」

歩道橋の真ん中から、彼はこちらを見下ろしていた。月が遠くて明るかった。

「中学生の頃、一晩中、歩道橋の上で過ごしたことがあったな」

私は階段を駆け上がった。

吉原さんがこちらを向いて、言った。

「そっちこそ、なんでこんなところに」

私はあきれて、あのね、と切り出した。

「私には話しても大丈夫だと思ったのかもしれないけど、そこまで薄情じゃないです」

彼はちょっと間を置くと、首を振った。

「そこまで深く考えてなかったよ」

「じゃあ、なんで」

彼は私を見ると、ふと気付いたように
「きっと君がそんな格好してるからだ。リラックスして喋りすぎたんだ」

と笑った。

急に恥ずかしくなった私は腕組みしながら、まだ食後のお茶も淹れてないし、と呟いた。

吉原さんはゆっくりと手すりから離れると
「カレーの隠し味の残りの一種類、まだ聞いてなかった」

「当てられなかったら、なんで一晩中、歩道橋の上で過ごしたか教えてくださいね」

と私は返してから、彼と並んで歩き出した。

クリスマスはあなたと

ケーキを受け取った私は、箱を抱いて歩き出した。華やかなカラータイツ、ちゃんと似合って見えますように、と祈りながら。

バス停に着くと、ちょうど彼が降りてきた。

「イヴに誘っちゃって大丈夫だった？」

私は頷いた。暗がりに吐息が白く溶ける。

「クリスマスケーキをホールで買ったのって初めて」

「助かったよ。去年まで俺の役だったんだけど、甘いものに詳しくないから不評で」

今夜のパーティには、奈緒が最近親しくしてるイラストレーターの男性も来ると聞いて、私はすっかり楽しい気分になっていた。

「そのイラストレーターの中越さんって、わりと有名な人なんでしょう？」

「珍しいことにね。姉は自立しすぎてて付き合う相手に肩書きとか求めないから。だから変な男に引っかかるんだよ」

「その人も、変な男候補？」

「どうだろ。太一はなついてるみたいだけど、付き合ってもいないのにクリスマスに家に飯食いに来るって」

そこで彼は口をつぐんだ。私は気付かなかったふりをした。

となりを歩いているのが吉原じゃないのに、ここまで安らかな幸福感に浸されていることが不思議だった。

元モデル仲間の子に電話をした夜、泣いている私をずっと抱きしめてくれた彼を信頼する気持ちがすごく深くなっているのを感じていた。

誰かに安心して寄りかかりたい気持ちを、私はずっと強がって押し殺して見ないふりをしていたのだと気付いた。

吉原は、今頃どうしているのだろう。

彼のことだから、私のことなんて忘れて、どこかの女性をスマートにエスコートしている最中だろうか。それともクリスマスだからこそ、お店にいて忙しくしているかもしれない。

交差点は、乗客待ちのタクシーでいっぱいだった。飛び乗れば、ちょうど吉原の店の方向だ。信号を渡ったら、もう戻れない。

「様子、見に行ってもいいよ」

顔を上げると、彼は優しい目をしていた。

迷っている私を残して、彼は道路へ飛び出すと、タクシーを止めた。

そのすっとした後ろ姿を見て決心がついた。


お店からは、にぎやかな喋り声と明かりが溢れていた。

私は外の植木鉢の陰から、店内を覗いた。

ガラス越しのカウンター席に、吉原がいた。

そのとき、一人の女が近付いてきた。

彼女が話しかけた瞬間、吉原の表情がふっとゆるんだ。そんなつもりなかったのに笑わされてしまった、というみたいに。

私はゆっくりとその場を離れた。

街灯の下で、彼は待っていた。大事そうにケーキの箱を抱いて。

「やっぱり、ほかに女がいた？」

心配そうな顔で訊かれたので、私は首を振った。

「今までありがとう、て言うつもりだったから。どちらにしても」

彼が意外そうに、そうなの、と聞き返したので、私は笑って頷いた。

「さっきタクシーを拾ってくれた背中を見て、分かったから。向かい合ったときだけじゃなく後ろ姿もぜんぶ、私は君のことが好き」


「弟さんたち、遅いですね」

中越さんが絵を描く手を止めて、掛け時計を見た。

「もうすぐ駅に着くって連絡がありましたよ」

私が告げると、中越さんがふと宙を仰いで、言った。

「デートしてたのかな。イヴだし」

私は、まさか、と反論して、指折り数えた。

「樹はまだ大学二年生ですよ。二人が付き合うなんてありえないです」

「でも奈緒さんの話を聞いたかぎり、僕よりは経験値が高そうですよ。

太一君、描けたよ」

「すげえー。お母さん、見て」

思わず笑顔がこぼれた。色鉛筆で彩られた太一の似顔絵はとても可愛らしかった。

「そうだ、みんなでお迎えに行こうよ！」

太一はそう言って、勢い良く立ち上がった。

外へ出ると、冬の夜の空気は混じりけなしに冷たくて、私はコートのボタンを一番上まで留めた。

昨年は太一と二人きりで過ごした夜。今年はきっとにぎやかになる。でも来年のことは分からない。かつて結婚したときは、この幸せが一生続くと思ってたように。

今宵、できるだけ多くの人が美しい夜に巡り会えますように。

顔を上げると、夜空に散らばった星々は呼び合うように瞬いていた。

午前0時のクリスマスツリー

私が店に到着したとき、彼はカウンター席で赤ワインを飲みながらピザを食べていた。

「イヴの夜に貴重な席を独占して、なにやってるんですか」

「ここは座ると柱に足が当たるから、本来は使わない席なんだよ」

「お客さんと吉原さんの両方を気遣わなくちゃいけなくて、まわりが困ってますよ」

吉原さんは降参したようにワインを飲み干すと、君こそどうしたんですか、と訊いた。

「暇なんです。東京に友達もいないし。ここだったら、皆と仲良いから」

「ありがたいことに満席だけどね。じゃあ暇人同士、良かったら食事にでも行こうか」

「いいですけど、どこも混んでますよ」

吉原さんは、上着を持ってきたウェイターの男の子にお礼を言ってから、こちらを向いた。

「かといって適当な店で不味《まず》い酒は嫌だな。僕の家に行くか。多少のものは置いてるから」

広いリビングの窓からは、夜景が見えた。

ソファーに腰掛けて乾杯した。シャンパンはよく冷えて細かな泡が立ち、美味しかった。

「プレゼントはさすがに用意してないけど」

と吉原さんが冗談ぽく、言った。

「美味しいお酒で十分です。もう無条件でプレゼントがもらえる子供じゃないし」

「僕が幼い頃には、プレゼントなんてなかったよ」

「家族でパーティは？」

彼は短く笑ってから、言った。

「クリスマスがめでたくない人間だっているって話だよ」

この人はずっとこんな風に、他人に頼ったり期待することなく生きてきたんだな、と思ったら、少し切なくなった。

「本当は私も、クリスマスって苦手なんです」

私はシャンパングラスを片手に打ち明けた。

「一緒に過ごせない人と付き合ってたから。奥さんとは離婚寸前だって聞いていて」

「実際には、寸前から離婚までの距離は百キロくらいあるからな。まさか、それがバレて地元を離れたんじゃないだろうな」

「その、まさかです。私だけ悪者にされて」

「君は馬鹿じゃないか。なんでそんな男に引っかかるのか理解できないよ」

「そんなこと言ったら、吉原さんだって」

と言いかけて、私は口ごもった。

「……もう一度、彼女と話し合わなくていいんですか？　まだ好きなんでしょう」

「無理に続けるものでもないし、それに」

彼はにわかに真剣な面持ちで続けた。

「一目で未来が見えることも、あるんだな。彼女にとってはもう第三者は僕のほうだよ」

その素直な物言いに、なんて返したらいいのか分からずに

「でも、思い通りになったじゃないですか。吉原さん自身がふられようとしてたんだから」

最悪、と自分でも思った。無神経な上に可愛げがなさすぎる。

謝ろうとした瞬間、彼が向き直って、背後の壁に片手をついた。

室内が真っ暗になると、私は思わず、すごい、と漏らした。

窓の外の巨大なビルが、クリスマスツリーの形に点灯していたからだ。

「去年も日付が変わったときにやってたから」

「彼女と、見たの？」

彼は答えなかった。

私は勇気を出して、手探りでバッグを開き、プレゼントを差し出した。

「本当は今夜、あなたに会いに来たんです。お店ならいるかもしれないと思って」

言い切る声がふるえた。本当のことはいつだって、一番言葉にするのが難しい。

彼は驚いたように包装紙を開くと、ふっと笑った。

「ありがとう」

「今、世話焼きなおばちゃんみたいだと思ったでしょう」

「少し」

悩んだ末に買い込んだハーブティーやアロマグッズ。仕事が得意で、心を休めるのは苦手な彼が少しでもリラックスできるように。

ビルの明かりがゆっくりと一つずつ消えていった。ツリーがあわあわと夜に溶けていく。

「もう今年も終わりですね」

「年明けは、いつ戻ってくる?」

「四日には」

じゃあまた車で迎えに行こうか、と彼が言ったので、私は嬉しくなって答えた。

「それなら早めに来て下さい。地元に大きな神社があるから、初詣《はつもうで》しましょう」

あと数日もすれば、新しい一年が始まる。

あとがき

この『週末は彼女たちのもの』は、LUMINEの広告として連載していたショートストーリーを一冊にまとめたものです。

写真に合わせてLUMINEを舞台にした物語を書く、という企画は、私にとって刺激的な初挑戦でした。

毎回、華やかで美しい写真を見ながら、いったいどんな物語にしよう、と頭を悩ませるのは、とても贅沢な時間でした。

子供の頃、クッキー缶のようにショートストーリーがたくさん詰まった文庫本が大好きでした。毎晩ベッドに入ってからちょっとずつ読んでは、いつの間にか眠りについていたことを思い出します。

この本もそんなふうに、日常のふとした隙間の楽しみになることができたら光栄です。

この場を借りて、一冊になるまでにお世話になった幻冬舎の方達にお礼を申し上げます。

この本を読んで下さった読者の皆様にも、幸福な偶然や出会いが訪れますように。

島本理生

2013年6月24日

本書はＬＵＭＩＮＥのホームページにて連載された作品に、「同窓会」「奇妙に美しかった夜」「男同士」を新たに書き下ろして加えたものです。

幻冬舎文庫

●好評既刊
君が降る日
島本理生

恋人を事故で亡くした志保。その車を運転していた彼の親友・五十嵐。同じ哀しみを抱える者同士、互いに惹かれ合っていく「君が降る日」他2編収録。恋の始まりと別れの予感を描いた恋愛小説。

●好評既刊
スタートライン
始まりをめぐる19の物語
小川 糸　万城目 学 他

浮気に気づいた花嫁、別れ話をされた女、妻を置き旅に出た男……。何かが終わっても始まりは再びやってくる。恋の予感、家族の再生、再出発――。日常の〝始まり〟を掬った希望に溢れる掌編集。

●最新刊
海へ、山へ、森へ、町へ
小川 糸

天然水で作られた地球味のかき氷（埼玉・長瀞）、ホームステイ先の羊肉たっぷり手作り餃子（モンゴル）……。自然の恵みと人々の愛情によって、絶品料理が生まれる軌跡を綴った旅エッセイ。

●最新刊
その桃は、桃の味しかしない
加藤千恵

高級マンションに同居する奏絵とまひるは、同じ男性の愛人だった。奇妙な共同生活を送るうち、奏絵の心境は変化していく。恋愛小説の新旗手が「食」を通して叶わない恋と女子の成長を描く。

●最新刊
あたしはビー玉
山崎ナオコーラ

十六歳の清順の部屋で突然、ビー玉が喋り出した。小さい頃から好きだった清順。気難しい男の子とまっすぐなビー玉の女の子が織りなす、青春の恋と戸惑い。胸が高鳴る高校生小説の新しい名作。

週末《しゅうまつ》は彼女《かのじょ》たちのもの

島本理生《しまもとりお》

平成25年8月1日　初版発行
令和5年4月5日　7版発行

発行人――石原正康
編集人――高部真人
発行所――株式会社幻冬舎
〒151-0051東京都渋谷区千駄ヶ谷4-9-7
電話　03(5411)6222(営業)
　　　03(5411)6211(編集)
公式HP　https://www.gentosha.co.jp/

印刷・製本―図書印刷株式会社
装丁者――高橋雅之

幻冬舎文庫

ISBN978-4-344-42064-9　C0193　し-33-2

この本に関するご意見・ご感想は、下記アンケートフォームからお寄せください。
https://www.gentosha.co.jp/e/